RÊVES ET PENSÉES

POÉSIES

PAR

PAUL ARGANT

PARIS

IMPRIMERIE DE W. REMQUET ET Cie,

Rue Garancière, 5.

1857

RÊVES ET PENSÉES

RÊVES ET PENSÉES

POËSIES

PAR

PAUL ARGANT

PARIS

IMPRIMERIE DE W. REMQUET ET Cie,

Rue Garancière, 5.

1857

A MON FRÈRE GUSTAVE

SOUVENIR AFFECTUEUX.

FRÈRE

I

C'est un rêve, un soupir ; c'est une âme légère,

L'accent d'un luth brisé, un souvenir, mon frère,

La plainte d'une voix ;

Une étoile qui brille et craint de ne pas vivre,

Rêveries que ma muse ose appeler un livre,

Et ce livre est pour toi !...

II

Jeune, je suis frappé d'un poétique espoir.

Sur les bancs studieux je viens aussi m'asseoir,

Comme si le génie était un héritage

Qui se lègue au mortel, de jeune âge en jeune âge.

Un peu poëte, un peu de ces nobles débris

Que ta renommée laisse me servira d'abri ;

Et puisque devant nous tout s'éteint, tout s'efface,

Je veux briguer le monde et chanter dans l'espace.

III

Que fait l'ingratitude sur un nom simple, obscur ?

Le soleil luit pour lui pour lui, le ciel est pur.

De maints auteurs, déjà, ont émoussé leur plume

A frapper de ce monde la formidable enclume.

Sous ces grossiers sarcasmes, l'homme peut-il, blessé,

Par des vers impotents lui réclamer pitié?

Oh! non, poëte, assez de ces vaines faiblesses;

L'âme, dans sa grandeur, n'aime pas qu'on la blesse;

Et c'est placer trop haut un monde si pervers,

Qu'un peu de flatterie, même en de mauvais vers.

IV

Bientôt on le verra, ignorant de nature,

Saper de son mépris notre littérature,

Au banc des condamnés placer le sentiment,

Et l'esprit reconnu au pesant de l'argent.

Oh! non, n'agitez pas cette pensée funeste.

Pourquoi?... c'est une injure; non pas... Je proteste!...

Je voudrais, et moi-même, j'en verserai des pleurs.

Vous prouver qu'à l'encan on vendra son honneur;

Vers sa perte le bien, à grands pas s'achemine;

L'honnête est trafiqué et son courtier le ruine;

La vertu a besoin de livrer des combats,

On ne respecte plus sa faiblesse ici-bas!

Et moi, vous voudriez que je m'effraie du monde!

Marche à grands pas, mon livre, file toujours sur l'onde.

C'est sur les bords fleuris du fleuve et du ruisseau

Qu'un jour je vis ma muse sortir, belle, de l'eau.

Frère, je lui dois bien, comme à toi ce langage,

Mon rêve, mes pensées, de l'amour c'est le gage.

Attentive à ma voix, elle vint présider

Ces chants que je t'adresse, écho d'un doux penser....

Paris, août 1857.

A MADAME LOUISE COLLET

On a dit : elle est morte et sa gloire est passée ;

Le temps noircit la tombe, la pierre en est usée.

Depuis longtemps, hélas ! son règne a disparu ;

La prose si facile, qu'on comprend à tout âge

A vite remplacé l'éclat de ce langage

Et lui a survécu !

On a dit, est-il vrai ; et vous vivez, madame !

Vous vivez d'un éclat, d'un génie et d'une âme :

Comme un esprit chargé d'instruire l'univers,

Le front haut, soutenu par deux rangs de couronnes?

Illustre comme Athènes, que vos lèvres fredonnes,

      En épelant vos vers.

La poésie, c'est vous ! illustre prisonnière,

Vous l'aviez récluse, et fûtes sa geôlière,

Car elle n'était morte qu'en de certains esprits,

Morte pour un seul jour, un instant de silence,

Le repos d'un oiseau que le zéphyr balance

      Au-dessus de son nid.

Sur cette onde limpide où coule, si légère,

Votre plume rêveuse, poëte au front sévère,

Laissez-moi sur le bord, en observant vos pas,

Chanter comme l'oiseau, écho de nos vallées,

Le murmure de l'onde où filaient vos pensées,

Avec vos doux ébats.

Juillet 1857.

RÊVERIE

I

Sur le penchant de la colline,

Assis un jour près du ruisseau,

J'apercevais, forme divine,

Une beauté des fleurs d'en haut.

A ce doux bruit de l'onde pure,

L'esprit rêvant voit l'infini ;

Et moi j'étais, c'est le murmure,

Comme un rêveur, cherchant l'esprit.

Plus qu'on ne croit, c'est difficile,

Et cependant tout s'y prêtait,

L'onde et la brise, vapeur docile,

Tout, et ma muse s'y opposait. .

II

Quelle était douce, cette nature !

Quel doux silence ! Seuls, les oiseaux

Mouillaient leurs ailes à l'onde pure

Et se miraient aux gouttes d'eau.

La fleur, ce rêve de la colline,

Fraîche, superbe en sa blancheur,

Au fier bourdon, folle, caline,

Laissait ravir suc et candeur.

Quels doux instants! O ma pensée!...

J'étais heureux, rêvant encor,

Oui, l'âme est belle quand, enivrée,

Elle respire ce doux trésor.

III

Là, le soleil jouait son rôle,

Son doux rayon s'avançait pur;

L'onde amoureuse en était folle,

Il se mirait dans son azur.

Sérénité, simple tapage,

Brise folâtre, écho du vent,

L'arbre imitait ce doux langage,

Comme à nos yeux ferait l'enfant.

Qu'il était beau, ce filet vierge,

Brodé aux rives des mains de Dieu ;

J'y souriais, foulant sa berge,

Comme un poëte, j'étais heureux.

IV

Tout près de moi, belle fauvette,

Esprit taquin, oiseau chétif,

Pour se distraire, troublait ma tête,

Sa frêle voix chantait les ifs ;

Plus loin, la brume couvrait la rive,

Et j'entendais un rossignol,

Au fond du bois la voix plaintive,

Et sous mes pas tremblait le sol.

Le doux témoin des rêveries

Allait cacher sous l'horizon

Le jour et lui, toutes leurs vies,

C'était Phœbus et son rayon.

V

Plus le ciel pur voilait sa face,

Plus je rêvais en ces doux lieux;

Fleur du matin, je vois ta place,

Mais le sommeil voila tes yeux.

Et moi, je vais, rêveur, o brise!

Par la prairie gagner mon toit,

Si ma pensée, folle, est éprise,

Souffle ton charme jusque chez moi.

J'y vais parler de la nature,

De l'onde calme, de la beauté,

Viens, tu rendras ce doux murmure ;

Moi, si j'allais n'y plus penser !

Paris, mars 1857.

A M. BARTHÉLEMY

Après une visite à la tombe de son fils au
cimetière de Cambrai.

Silence, c'est ici ; oiseaux, cessez vos chants,

J'ai besoin de prier sur cette jeune tombe,

De poser la couronne où la gloire succombe,

Il avait vingt-cinq ans !

Ami ! je viens, c'est moi ! Je suis là, il fait soir !...

J'aurais beau lui parler, sur les sons de ma lyre,

Humecter de mes pleurs la terre qu'il respire,

       Hélas ! peut-il me voir ?

Gloire, talent, jeunesse, voilà votre berceau,

La terre ! et dans nos cœurs le souvenir qui reste

D'un rayon de sa vie ; et, spectacle funeste,

       Celui de son tombeau.

Vous qui fûtes son père et qui pleurez sa mort,

Que je plains, de ce deuil, la blessure profonde.

Un fils avec sa gloire, oui, un fils est un monde.

       Oh ! mais silence, il dort.

Edmond, à ta mémoire je ne puis, de bluets,

Sur la tombe froidie où ta lyre frissonne,

A genoux, en priant, tresser une couronne,

J'y laisse mes regrets!....

Paris, 1er septembre 1857.

L'ORPHELIN

A mon ami A. Deflandre.

I

Je l'ai vu bien souvent, les yeux mouillés de larmes,

De ses tristes récits intéresser nos âmes,

Et puis, dans sa douleur, étonnant chérubin,

Adresser un sourire au maître du destin.

O vous tous, qui venez causer à la nature,

Parmi les voix plaintives, recueillez son murmure.

Il est là, pauvre enfant, il est là, seul, assis,

Il attend sa famille, hélas ! soupire et dit :

II

Dans les flots indomptés, elle a quitté le monde,

La mer se resserra pour lui servir de tombe :

Et moi, les yeux baignés de mes brûlantes pleurs,

Chaque jour, aux passants, je conte mes douleurs.

Oh ! oui, prenez pitié ; je suis seul sur la terre,

Je n'ai pour tout sourire, pour calme à ma misère

Que l'image chérie de ceux qui m'ont bercé.

O souvenir affreux ! devrais-tu m'obséder ?

Au ciel, soir et matin, j'adresse mes cantiques

Dans le temple de Dieu, sous les voûtes antiques

Je réclame un asile, et lui, Père divin,

S'écrie, du haut des cieux : Asile à l'orphelin !

III

Je m'endors sur la pierre souvent jusqu'à l'aurore,

Cela depuis vingt ans, et j'y repose encore.

Pour maître, pour ami, je ne connais que Dieu,

Tout mon amour, vers lui, s'élève avec mes yeux,

Ceux qui près de moi passent augmentent mon envie :

Les oiseaux sont heureux de connaître la vie,

Me dis-je bien souvent, en les voyant voler

De la terre à ce nid où leurs fils sont couchés ;

Ils aiment, sont aimés, ils ont tous leur famille,

Leur mère sur la branche en gazouillant sautille,

Et leur père rapporte, à la fin d'un beau jour,

Le grain pour les nourrir « et le baiser d'amour. »

IV

Et moi, dans les sillons, jeté dès mon enfance,

Je vais glaner, suivi de la douce espérance.

Quand le soleil couchant annonce le repos,

Je prie seul sur la pierre que je quittai tantôt !

L'impression, hélas ! céleste fleur de l'âme,

Meurt sans divulguer l'heureux jet de sa flamme.

Si dans mon doux transport j'entrevois un humain,

Ma main cherche un contact et retombe sans main.

V

Oh ! non, plus cette mère aux touchantes caresses,

Cette mère prodigue et folle de tendresse,

Cette mère qu'on aime, qui redit nos accents,

Ce sourire de la vie que Dieu donne aux enfants ;

Que je lui parlerais ! chaque jour, à toute heure !

Hélas ! je n'ai que moi. Je dis ! et ma voix meure.

J'engloutis mes pensées dans le fond de ce cœur,

Que ma larme déchire ; oui, c'est là mon bonheur.

J'étouffe, et je comprends cet amour que nous donne

Les sentiments humains, et je n'aime personne.

VI

O ! trop perfide terre, je te blasphémerais,

Si dans mes noirs chagrins Dieu ne me consolait.

Apaisez-vous, mes plaintes ; ciel, je veux te sourire,

Tu m'épargnes les maux qui font souvent maudire ;

Et l'orphelin sur terre doit se trouver heureux,

Quand sa famille habite sous tes ailes, ô cieux !

VII

Mon cœur, si tu pouvais dévoiler ta pensée,

Si l'on t'aimait enfin ; mais non, l'âme exilée

N'inspire aucun amour, charme des sentiments

Qui donne une famille aux plus pauvres enfants,

Quelquefois, je souris, la passion m'entraîne,

J'arrête un doux regard sur chaque forme humaine,

J'avance, je me trouble, je veux parler enfin,

Et mon cœur balbutie : Non, tu es.... orphelin !

VIII

Ainsi je vis sur terre en cet ennui funeste,

Je me crois, des humains, le faible dernier reste ;

J'attends qu'un doux regard s'abaisse sur mes yeux

Pour vivre de l'amour, tout en vivant pour Dieu.

J'attends...., mais sans espoir. En ce monde qui tombe,

Je crois voir ma compagne en découvrant ma tombe.

Paris, août 1856.

3.

A E. BISSON

Dis-moi si l'onde est calme et la brise amoureuse ;

Si l'aurore avec joie, délivre de son sein

Au lever d'un beau jour, comme une amante heureuse

Qui s'enivre d'un rêve, les perles du matin !...

Dis-moi si l'arbre ému balance avec ivresse

Sa verte chevelure, soumise au gré du vent ;

Si l'oiseau dans son nid vient parler de tendresse

A ses petits éclos, comme on nous fit enfant.

Dis-moi si le printemps est heureux de lui-meme ;

Si·les fleurs sont écloses, comme éclosent les fleurs ;

Si l'astre aux doux rayons, dans son bonheur extrême,

En versant sa puissance, a versé ses couleurs.

Dis-moi si le ruisseau, jusqu'où s'étend mon rêve,

Murmure doucement ! si le berger au bord

Ramenant son troupeau, quand le beau jour s'achève,

S'abreuve, s'y repose, et s'y abreuve encor.

Dis-moi enfin, ami, les joies de la nature ;

Dis-moi ce que j'envie, de pouvoir admirer,

Heureux de te connaître parmi ce doux murmure,

Dis-moi ; si tu les vois !... Dis-moi... si j'ai rêvé.

Paris, mai 1857.

SOUVENIR DE BOUTIGNY

A M. le Curé de ce village.

I

Vous, dont l'âme vers Dieu, au pied de son autel
Chaque jour, à toute heure, au lever du soleil
Sanctifie : dont le cœur, d'une bonté touchante
Répand les doux bienfaits ; cher abbé, je vous chante.

II

Le temps marche très-vite, les beaux rêves s'en vont,

Ce bonheur, cette gloire qu'on voit à l'horizon,

Ce n'est pas le bonheur, c'est l'image d'un songe

Et l'art qui rend martyr, constamment nous y plonge ;

Mais en pensant à vous mon cœur s'écrie : merci.

On ressent dans vos bois ce qu'on ignore ici.

O ! mes vers, laissez-moi sourire à ce doux calme,

A cet amour de paix que ma lyre réclame,

Là, où respire encor celle, j'étais enfant,

Qui me chargeait de soin et me berçait aux champs.

Ici, abbé, je vois ma première croyance

Ce Dieu qui sous nos yeux, étale sa puissance,

Ces jours purs, souvenir ; à mon amour rendu ;

Enfance, tes débris ont gardé leur vertu !....

Ici, c'est la chaumière compatissante et bonne,

Où je fus allaité sur un sein de madone !

Plus loin, ces rangées d'arbres, signes de liberté -

Où dans l'enclos touffu, je me pris à marcher ;

Là on fit épeler, *abbé*, ma voix légère.

Pour la première fois, le doux nom de ma mère.

III

Au pied de ces rochers, que la mousse souvent

Couvre comme une tombe, dont la mer bat le flanc,

Dans ces fraîches prairies, que je viens voir encore,

Ces monts qui vous entourent, que le soleil colore ;

De ces nombreux témoins, du battement de mon cœur,

Abbé, je viens parler, laissez-moi ce bonheur.

IV

O! doux temps, croyez-vous, que malgré ma jeunesse

Des symptômes d'ennuis n'accablent pas sans cesse?

Tout meurt et tout s'oublie, le jour a son déclin,

Et bien des sentiments n'ont souvent qu'un matin.

On croit, l'illusion, la gloire, et puis la vie ;

L'âme s'idéalise, l'âme s'épanouie,

Le regard transporté, s'élève à l'infini.

L'immensité n'est rien, le vague a tant d'esprit,

La nuit lugubre vient ! le beau se décolore

Et sur les fronts blanchis, la ride plisse encore....

V

Pourtant, du souvenir, la gracieuse voix

Jette un charme nouveau que je saisis, ma foi

C'est là ce souvenir, cher abbé, que je chante :

Il est doux de conter ce que l'amour présente.

Loin du Paris béant, loin de ce joyeux bruit,

Ma lyre ouvre ses ailes, et près de vous s'enfuit,

Et là dans les vallons, d'où le parfum s'exhale,

Dans les champs, dans les prés, où l'aquilon raffale

Sous le chaume, on s'assemble, après une moisson

Un tableau de famille.

O douce passion !

Devant cette nature, mon âme émerveillée

Oublie souvent le soir, que l'heure est avancée ;

J'envie de ces travaux, le charme et la douleur,

Le paysan m'enivre, j'aime le laboureur ;

Ici l'égalité mesure son empire ;

Dans les bois, sous le chaume, personne ne conspire ;

4

Par de joyeux refrains, s'accorde chaque voix,

On parle peu des peuples, encor moins de nos rois.

VI

O! oui, douceur champêtre! ô! trop modeste vie!

O! ciel qui m'éclaira, ta beauté me convie.

Vous, champs qui m'ont vu naître, et presque respirer,

Me voici, je reviens, hélas! j'ai trop parlé.

Laissez, laissez mon âme, étaler sa souffrance!

O! sites enchanteurs, de ma première enfance

Je sens, de loin la brise, de tes riants vallons.

Tes bois ont un écho, et mon cœur y répond,

Noble amour du pays, inconnu de ce monde

L'écho pour toi, seul, c'est, le murmure de l'onde.

VII

Soutenez, cher abbé, votre pouvoir est fort,

Des fibres de mon âme l'insinuant transport.

Tout me charme en ces lieux, la fleur la plus légère,

L'épi le moins fourni, tout, jusqu'à la misère,

Tout respire une joie ineffable à mes yeux ;

Est-ce à vous qu'on le doit, abbé, ou bien aux cieux ?

VIII

Ce paisible tapage, cet air pur, où s'épanche,

Chaque jour, ma pensée, et puis là, toute blanche

La maison de l'aïeul, où viennent les enfants

Sourire, gazouiller, s'asseoir et, bien souvent,

Du repas qui s'apprête demander le partage.

Mes parents sont heureux, ils aiment tant cet âge !

Quand j'accours près de vous, et que je vois de loin

La flèche qui domine quelques meules de foin ;

Quand je vois ce filet, entouré de verdure,

Couler aussi limpide, et rouler sans murmure

Ses cailloux, quand je vois, le chaume, le pignon,

La vigne, serpentant partout notre maison,

Je souris et je pleure, je m'écrie à voix haute :

La vie est belle ici. O ! abbé, mon cher hôte !

Et puis-je par des vers, maintenant que j'y suis,

Peindre ces jours de rêves, ces bois, ce ciel qui rit ?

Le chant de vos oiseaux rend le calme à mon âme,

J'aime le soleil qui, jouant dans leur plumage,

Reflète ses couleurs.

IX

O ! que ne puis-je, abbé,

Dormir là, chaque nuit, sous ce ciel étoilé,

Dans la maison des champs ; que je rêve à toute heure,

Sous l'aile de l'immense, y fixer ma demeure !

Mes chants s'exhaleraient ; depuis l'aube du jour

Cette grandeur de l'âme respirerait toujours,

Et là, sans demander, à nos arts, une gloire,

Je verrais la vertu, pays, et ta mémoire.

Ma lyre suspendue aux branches du chemin

Avec la pauvreté se donnerait la main.

Le baiser du matin, la pensée amoureuse

Viendrait avec l'aumône, rendre ma vie joyeuse

Christ, j'aurais sous mes yeux tes divines vertus :

La charité, l'amour, dont tu fus revêtu !...

Paris, août 1857.

L'AUBÉPINE

A Mlles L. et I. S.

Elle était jeune alors, c'était au mois de mai,

Ses branches recouvertes, de son léger duvet

Laissaient voir du bouton la croissante figure,

L'aurore sur les feuilles laissa choir sa pudeur,

Le bouton se nomma de son doux nom de fleur.

Sous sa blanche parure?...

Là commença sa vie, là commença sa mort !

Le zéphir folâtrant fut cause de son sort !

Son parfum répandit une vapeur divine.

Pauvre vierge ! martyre d'un si pudique amour,

Elle dit, s'exhalant : L'amour n'a donc qu'un jour,

      Même pour l'aubépine !...

L'AUTOMNE

À Madame Suerus, à Maule.

Le soleil devient pâle, l'horizon n'est qu'une ombre ;
Cette brise légère, qui prêtait à l'amour
Dans sa force nouvelle, nous rend le jour plus sombre
Et le bosquet fleuri n'est plus un gai séjour.

Voyez, l'arbre sans feuille rompt déjà son écorce,

La verdure est jaunie, et, les rêves du soir

S'en vont, suivent la pente, du beau jour qui divorce ;

En ces nuits claivoyantes, l'amour a tant d'espoir

Les champs ne sont plus verts et la blanche aubépine

N'embaume plus déjà l'amoureux voyageur,

L'hirondelle effrayée, innocente caline,

A l'été plus lointain va porter sa candeur.

Déjà, sous les haillons, le pauvre attend l'aumône ;

La misère soulève son voile déchiré,

Ses dents claquent, hélas ! j'ai reconnu l'automne ;

A ces maux qui commencent, j'aurais dû m'en douter.

L'on n'entend plus, au fond des bois et des vallées,

Le chant mélodieux, que parodie l'oiseau ;

La rose et le jasmin, parfums de nos allées,

Laissent leurs tiges nues, sans ombre, sans rameau.

Et puis, dernier prestige de ce tableau funeste,

L'homme, comme la feuille, succombe à ses douleurs,

Il passe comme une ombre, sous le souffle céleste,

Et l'automne est heureuse, elle a détruit les fleurs.

Paris, septembre 1857.

UN MOT

A mon ami Achille Suerus.

Vingt printemps ont déjà effeuillé ta carrière,

Ton âme en cette vie n'a connu que la terre.

Sous les parfums, l'aurore naissante du zéphir

Laisse couler son charme, rosée de ton enfance,

Où ta voix s'inspirait de la tendre innocence,

Et dont ton cœur ami n'a plus qu'un souvenir.

Elle a fui loin de toi, comme elle fuit le monde,

Son tapis de verdure est jauni par le temps,

L'éclat de son beau jour est une nuit profonde

Où résonne l'écho qui sonna tes vingt ans.

Enfant, tu as de l'homme reçu le premier germe ;

La nature fébrile, plus calme, devient ferme,

Ton cœur encor soumis comprend les passions,

Tu vois la vie, enfin, telle que Dieu la donne ;

Au printemps qui te fuit va succéder l'automne,

Et tu peux mesurer tes moindres actions.

Il brille, ton soleil, d'une nouvelle force,

Sur ton beau front rayonnent ses plus puissants éclats,

Ton cœur aussi revêt une plus noble écorce,

Et du monde endurci, tu vas suivre les pas.

O ! oui, c'est bien toi l'âge des joies et de l'envie !

C'est l'âge où le mortel cadence mieux sa vie,

C'est l'âge où sans souci, l'homme audacieux

Mélange avec ivresse l'amour et les plaisirs,

Sans borner en son âme ses rêves, ses désirs,

Élève sa pensée et ses regards aux cieux.

Enivre-toi, ami, c'est le temps des tendresses,

Mouille-toi des roses, souris à ton printemps,

Folâtre avec l'aurore qui verse ses caresses,

Comme l'écho des hommes, répète : J'ai vingt ans.

Vingt ans ! Est-il nature, une beauté pareille,

Écho qui puisse mieux résonner à l'oreille ?

Toi, muse, qui t'enivres des saillies de l'amour,

Est-il plus pour te plaire que cette douce image

D'un fils sur qui Vénus a transmis ce bel âge,

Et dont le cœur ardent s'ouvre au rayon du jour ?

Tout se suit dans la vie, l'âge à l'âge succède,

L'homme succède vite à l'enfant qui finit,

Le pas de l'innocence au pas du vice cède,

Jusqu'à l'heure dernière le règne s'accomplit.

Tu te dis : Je suis jeune, j'ai devant moi la vie,

La vie, dont je délecte le charme et l'ambroisie.

Éloigne de tes sens cet espoir insensé,

Tu n'auras qu'un rayon, qu'un jour à ta jeunesse,

Le temps marche à grands pas, blanchit, et dit : Vieillesse,

Ici, laisse ton âme à la divinité !

Malgré ce noir prestige que la mort a fait naître,

Tes vingt ans sont unis comme un bouquet de fleurs,

Chasse au loin le chagrin où ta vie va paraître,

Le plaisir n'a qu'un lustre, près de lui sont les pleurs.

Paris, 2 septembre 1857.

ÉPITRE

A ma belle-mère.

I

Toi qu'un malheureux sort a longtemps éprouvée,

Mère, je veux enfin t'adresser ma pensée.

Je sais combien de fois on troubla ton repos,

Et n'ignore pas plus tes chagrins et tes maux.

C'est à moi de fermer ta blessure soudaine

Et d'augmenter ta joie en guérissant ta peine.

Ces longs égarements et ces folles erreurs

Ne sont pas sans mépris, dignes des plus grands cœurs,

Et chaque nouveau pas que je fais dans la vie

Me prouve ce précepte : Qui n'a pas sa folie?...

II

Si tu consens enfin que ma muse, en ses vers,

Dépouille du passé les scrupuleux travers ;

Qu'en charme alors divin, mon âme satisfaite,

T'avouerais avec joie sa nouvelle défaite.

Combien j'accuserais mon regard éperdu

De n'avoir pas plus tôt proclamé ta vertu !

5.

Combien je te dirais : Mon incrédule flamme

A longtemps méconnu la grandeur de ton âme.

Et mon cœur dans le vide jusqu'alors incertain,

S'embrase et se confond dans les charmes du tien.

III

N'est-ce pas toi,.ô mère ! en des moments funestes,

Du navire échoué qui releva les restes?

Livré dans les décombres à la fureur des eaux,

Tu secourus mon père et adoucis ses maux.

Et à moi, pauvre enfant ! au milieu du naufrage,

Pour branche de salut, tu m'offris ton courage.

IV

Mais, pourquoi t'attrister et rappeler tes pleurs ?

u fis plus que mes vers pour chasser les douleurs ;

Le destin t'a choisi une besogne rude,

Et rien n'a pu t'aigrir en molle inquiétude.

Quand des voix incessantes voulaient, à chaque pas,

Me prouver que tu es ce que tu n'étais pas,

Mon cœur souffrit, crois-le, et mon âme saisie

Balançait sans pouvoir et-te portait envie.

Mais la pensée si jeune, qui s'émule à pas lents,

Prend plus tard la vitesse et la fureur des vents,

Parmi tant de transports, sait se faire un passage,

Égale son soupir à celui de l'orage.

Le schisme de l'erreur, devant l'austérité

Reconnaît la vertu après l'avoir blâmée.

Et Dieu, qui te plaça parmi tant de disgrâces,

De ces tristes instants sut détruire les traces !

V

O mère! dont le cœur eut à faire deux parts,

Confonds de ces mépris l'insultant étendard :

Entends avec bonheur un fils qui se déchaîne

Contre le souvenir que la douleur entraîne ;

Revois, avec l'orgueil de la divinité,

Le charme de tes soins, et la félicité,

Et l'amour de ton fils, publiant sur la terre,

Qu'il n'est point de vertus sans celles d'une mère.

Paris, janvier 1856.

LE RUISSEAU

A M. W.

Je veux rêver pour toi le chant que l'onde inspire,

Ravir au gai ruisseau le charme d'un instant,

De la brise sur l'eau suivre le souffle errant,

Et réfléchir ensemble, et ma muse et sa lyre.

Tranquille et mesuré en son étroit parcours,

Comme est un ciel d'azur, dégagé de nuage,

Il roule ses cailloux sans flotter son rivage,

Et garde sa beauté, argentine toujours.

Vois de l'Être suprême refléter la puissance !

Tout ne te dit-il pas qu'en ses vastes travaux,

Il a mis le mystère et le charme au ruisseau,

De la source à son cours, la divine élégance ?

Le vois-tu, qu'il se penche, ce tout petit oiseau,

Quittant ainsi du bois son modeste bocage ?

Il vient mirer son ombre et mouiller son plumage

A la fraîcheur limpide, à l'onde du ruisseau.

Ce pâtre qui, là-bas, armé de sa houlette,

Veille d'un regard lent sur son nombreux troupeau,

Il rêve, tiens, vois-le, le murmure de l'eau

D'un charme l'assoupit et fait baisser sa tête.

Quelle ligne argentée! Tu possèdes forêt,

Simple miroir des astres, du ciel et de l'espace,

Réseau, dont l'Esprit-Saint a su marquer la trace,

Lit pur, où le zéphir se repose et se plaît.

La nature se soumet et enlace à son trône,

Dans un printemps nouveau, le gazon ondoyé

Qui borde ton rivage, où gaîment la beauté,

Sous les yeux d'Apollon, se tresse une couronne.

O ! doux ami, que n'ai-je, pour t'adresser mes vers,

Loisir de les rêver, sur tes rives charmantes

Les muses près de toi, seraient moins inconstantes ;

Moi-même rajeuni, je serais moins pervers.

Coule limpide et pur, malgré que je te quitte,

Frais ruisseau, loin de moi ; ô ! garde ton trésor :

Sous la brise qui passe, oui coule, coule encor,

Pourvu que je retrouve la rive qui t'abrite !

Paris, janvier 1856.

UN DERNIER MOT

I

!... Frère, j'étais pensif,

Je foulais le chemin, l'oiseau sautait sur l'if !

Le jour ouvrait sa porte, à l'aube rayonnante

Son disque me fit voir une cabane errante ;

De mon rêve mystique je quittai la storpeur ;

Des fentes entr'ouvertes perçait une lueur.

La cabane était pauvre ; le vent comme un fantôme

Eparpillait déjà la toiture de chaume.

Tout mon cœur frissonna ; l'effroi glace, et souvent

Anéantit de l'âme le moindre sentiment.

Je voulus éviter l'aspect ; un cimetière,

Non loin de la maison déroulait son mystère,

Je revins sur mes pas, et j'entendis des pleurs.

Des pleurs ! la faim sans doute, qui trahit les douleurs.

II

Va donc, poëte ! va chercher par habitude

Des bruyères fleuries la douce solitude !

Mon regard tremble encor, je craignais que mes pas

N'arrêtent le murmure que je ne voyais pas ;

J'aime causer par l'âme avec cette infortune

Où se noie chaque rêve, où la gloire importune.

Les grandes créatures s'endorment dans l'ennui,

Las de tous les parfums, sous la reine des nuits;

Mais au cri des douleurs, la vie n'est plus un songe

Malheureux!... près de toi, si le hasard me plonge,

D'un peu de mon bonheur je calme ton tourment,

Je souris au berceau, baise un vagissement!

III

!... La lampe était éteinte!...

Si c'était une lampe; puis, un essaim d'oiseaux

Passait sans s'arrêter, sur ce vivant tombeau

D'où s'échappaient les plaintes!....

Des fleurs jonchaient la terre ;

O ! affreux précurseurs, d'un vague souvenir

Des chagrins de la vie, Dieu, mon cœur va souffrir

Si je vois ta poussière !

Et, de tristes pensées !...

Au seuil de la cabane, que je heurtais du pied,

M'arrêtèrent : je prie, et, j'avais oublié !

L'heure des nuits passées !...

O ! si j'osais te dire !

Mais non laisse couler mes larmes un instant ;

J'étais seul, ou du moins, seul, avec le doux vent

E je vis un sourire !...

Sous ce sourire, frère,

Perlait sur chaque joue, les larmes d'une sœur,

Oui, jeune et belle encor, malgré cette douleur,

Où flottait la misère!...

IV

Toi que le mal accable, que vient trouver la mort,

Belle comme tu l'es, fille!... pourquoi ce sort?

Ta mère, ta famille, ces cris, ces pleurs, ces plaintes,

Ce chaume dégradé, tout inspire des craintes.

Est-ce la vrai misère, est-ce la passion

Qui toise à la vertu la dégradation?

6.

V

Et, dans ses mains tremblantes, je vis tomber sa tête,

Un soupir s'échappa ; elle resta muette.

O ! qu'il me parut long, ce silence étouffé !

Immobiles, ses yeux, n'avaient rien d'effacé.

VI

Fille, je suis ami de ce qui te fut chère,

Lui dis-je, m'abaissant, près d'elle, jusqu'à terre.

Je prie avec la mort, tu vois, je n'ai pas peur

Dans ton chagrin, je t'aime, j'en parlais à ton cœur.

De loin sur ta chaumière, le jour, guida ma course ;

Tes cris, je les sentais, comme autant de secousses,

Les plaintes étaient fortes, je pensais aux enfants ;

Car les pleurs quelquefois sont des vagissements.

Je voulus tout savoir, car mon âme navrée

Me criait ! c'est la faim, et, c'était ma pensée.

Puis ! tu me vis priant, au seuil de ce tombeau

Où parut ton sourire, ô ! Dieu qu'il était beau !

.   .   .   .

.   .   .   .

VII

Et du doigt, m'indiqua, en baissant sa paupière,

Un berceau où dormait, à son heure dernière,

Un enfant : et plus loin, ô! sinistre grabat!

La mère, déjà froide, je reculai d'un pas.

O! m'écriai-je, ô! mort, c'est donc là ton sourire?

Au pauvre tu l'épanches. Mon âme, à moi, soupire,

Mais non! elle est vivante! Quoi! la mère et l'enfant

Sous un coup de ta faux, tombent en même temps!

O! fille, y penses-tu? Toi, tu es orpheline!

Et je pressai sur moi cette vierge divine!

VIII

« Insensé me dit-elle, pourquoi donc blasphémer?

« C'est Dieu et non la mort, qu'il vous faut accuser;

« Les larmes sont aux cœurs, et la force est aux âmes,

« Et si j'insultais l'âme quels prix auraient mes larmes?

« La misère est hideuse, quelquefois le bonheur,

« D'un rayon la traverse ; mais dites : la douleur

« A-t-elle un doux prestige, du rêve la nuance

« Dont vous accusiez follement ma souffrance ?

IX

« Enfin qui que tu sois,

« Etrange créature, qui prends part à ma peine,

« Merci, tu es ce jour, un doux rayon que j'aime

« Et qui brille sur moi,

« Adieu, toi et la vie.

« Reprends dans cette plaine ton rêve commencé

« Va, ici ne respire, que l'âpre pauvreté

« Et rien ne t'y convie.

« Plus tard un autre lieu

« T'attirera sans doute, j'y serai plus parée

« Et, tu pourras me voir, belle, avec ta pensée

« Sous le voile de Dieu ! »

X

Elle dit, prit un livre, baissa les yeux pour lire.

Je voulus de ses lèvres effleurer un sourire ;

Elle leva ses yeux, pleins d'amour, de douleur.

J'eus peur, et comme une ombre, je fus voyant ses pleurs !

Paris, septembre 1857.

TABLE.

Dédicace. 5

Frère 7

A Madame Louise Collet. 11

Rêverie. 14

A M. Barthélemy 20

L'orphelin. 23

A E. Bisson. 30

Souvenir de Boutigny. 33

L'aubépine 42

L'automne. 44

Un mot 47

Épitre. 52

Le ruisseau. 57

Un dernier mot. 61